MW00475523

THE ADVENTURES OF SHERLOCK HOLMES A SCANDAL IN BOHEMIA

Learn Spanish with English Parallel Text

Sherlock Holmes Bilingual Reader Vol.1

Written by
Sir Arthur Conan Doyle

Synchronization and Editing by
Bilingual Readers

Contents

INTRODUCTION

Arthur Conan Doyle wrote a total of 56 short stories about his famous detective, Sherlock Holmes.

These 56 stories are put into five different collections with the first collection being **The Adventures of Sherlock Holmes** which in of itself includes a total of 12 short stories.

This book includes the first of those stories, **A Scandal in Bohemia**.

We've created this bilingual book to help Spanish learners across the world to reach their goals of becoming Spanish speakers.

If you're trying to learn Spanish but keep forgetting words and their meanings, do not worry, you just need more **language exposure** and **contextual learning**.

Since you've gotten your hands on this book, that means that you've come to the right place for just that.

READING WHILE LISTENING

Did you know that reading while listening can help you learn up to 325% faster?

Studies show that using both reading and listening at the same time have incredible benefits for learning and retention.

Because of this, we've added digital audio files that you can access on our website.

How can I download the audio?

To get access to the audio files, please proceed to the last page of this book. You will find a link there to where you can access and download the audio files. You can either use the files right there on the website or save the audio and use it on any device when you want.

HOW TO GET THE MOST OUT OF THIS BOOK

While you may use this book in any way you'd like and what you find best for your particular situation, here are some advice from us:

1. **Don't try to understand everything all at once**
   As you're reading these stories, it may be tempting to look at the translation for each word as soon as you see something you don't understand. We'd like to encourage you to try to finish the full paragraph first before you look at the English translation and see if you still understood the context of things despite not knowing the direct translation of each word you read.

2. **Beware of direct translations**
   Remember that Spanish and English are fundamentally different languages and these translations are not "word by word" translations. Sometimes the sentence structure will be different in Spanish and in English.

3. **Language of the stories**
   Remember that these stories were written and translated over 100 years ago which means that you may find some of the wording used in each language a bit strange by to-

day's standard. That doesn't make it wrong, but it's important to know that both English and Spanish have had slight changes in the last 100 years.

4. **Use the audio**

   We already mentioned that reading while listening can be as much as 325% more effective than other methods according to some studies. Learning a language is hard enough, so please take advantage of using this method while learning Spanish. You can find the link to the audio files at the end of this book.

CAPÍTULO I – CHAPTER I

Ella es siempre, para Sherlock Holmes, la mujer. Rara vez le he oído hablar de ella aplicándole otro nombre. A los ojos de Sherlock Holmes, eclipsa y sobrepasa a todo su sexo. No es que haya sentido por Irene Adler nada que se parezca al amor. Su inteligencia fría, llena de precisión, pero admirablemente equilibrada, era en extremo opuesta a cualquier clase de emociones. Yo le considero como la máquina de razonar y de observar más perfecta que ha conocido el mundo; pero como enamorado, no habría sabido estar en su papel. Si alguna vez hablaba de los sentimientos más tiernos, lo hacía con mofa y sarcasmo. Admirables

To Sherlock Holmes she is always the woman. I have seldom heard him mention her under any other name. In his eyes she eclipses and predominates the whole of her sex. It was not that he felt any emotion akin to love for Irene Adler. All emotions, and that one particularly, were abhorrent to his cold, precise but admirably balanced mind. He was, I take it, the most perfect reasoning and observing machine that the world has seen, but as a lover he would have placed himself in a false position. He never spoke of the softer passions, save with a gibe and a sneer. They were admirable things for the observer—excellent for drawing the veil

como tema para el observador, excelentes para descorrer el velo de los móviles y de los actos de las personas. Pero el hombre entrenado en el razonar que admitiese intrusiones semejantes en su temperamento delicado y finamente ajustado, daría con ello entrada a un factor perturbador, capaz de arrojar la duda sobre todos los resultados de su actividad mental. Ni el echar arenilla en un instrumento de gran sensibilidad, ni una hendidura en uno de sus cristales de gran aumento, serían más perturbadores que una emoción fuerte en un temperamento como el suyo. Pero con todo eso, no existía para él más que una sola mujer, y ésta era la que se llamó Irene Adler, de memoria sospechosa y discutible.

Era poco lo que yo había sabido de Holmes en los últimos tiempos. Mi matrimonio nos había apartado al uno del otro. Mi completa felicidad y los

from men's motives and actions. But for the trained reasoner to admit such intrusions into his own delicate and finely adjusted temperament was to introduce a distracting factor which might throw a doubt upon all his mental results. Grit in a sensitive instrument, or a crack in one of his own high-power lenses, would not be more disturbing than a strong emotion in a nature such as his. And yet there was but one woman to him, and that woman was the late Irene Adler, of dubious and questionable memory.

I had seen little of Holmes lately. My marriage had drifted us away from each other. My own complete happiness, and the home-centred inter-

diversos intereses que, centrados en el hogar, rodean al hombre que se ve por vez primera con casa propia, bastaban para absorber mi atención; Holmes, por su parte, dotado de alma bohemia, sentía aversión a todas las formas de la vida de sociedad, y permanecía en sus habitaciones de Baker Street, enterrado entre sus libracos, alternando las semanas entre la cocaína y la ambición, entre los adormilamientos de la droga y la impetuosa energía de su propia y ardiente naturaleza. Continuaba con su profunda afición al estudio de los hechos criminales, y dedicaba sus inmensas facultades y extraordinarias dotes de observación a seguir determinadas pistas y aclarar los hechos misteriosos que la Policía oficial había puesto de lado por considerarlos insolubles. Habían llegado hasta mí, de cuando en cuando, ciertos vagos rumores acerca de sus actividades: que lo habían llamado a Odesa

ests which rise up around the man who first finds himself master of his own establishment, were sufficient to absorb all my attention, while Holmes, who loathed every form of society with his whole Bohemian soul, remained in our lodgings in Baker Street, buried among his old books, and alternating from week to week between cocaine and ambition, the drowsiness of the drug, and the fierce energy of his own keen nature. He was still, as ever, deeply attracted by the study of crime, and occupied his immense faculties and extraordinary powers of observation in following out those clues, and clearing up those mysteries which had been abandoned as hopeless by the official police. From time to time I heard some vague account of his doings: of his summons to Odessa in the case of the Trepoff murder, of his clearing up of the singular tragedy of the Atkinson brothers at Trincoma-

cuando el asesinato de Trepoff; que había puesto en claro la extraña tragedia de los hermanos Atkinson en Trincomalee, y, por último, de cierto cometido que había desempeñado de manera tan delicada y con tanto éxito por encargo de la familia reinan-te de Holanda. Sin embargo, fuera de estas señales de su actividad, que yo me limité a compartir con todos los lectores de la Prensa diaria, era muy poco lo que había sabido de mi antiguo amigo y compañero.

Regresaba yo cierta noche, la del 20 de marzo de 1888, de una visita a un enfermo (porque había vuelto a consagrarme al ejercicio de la medicina civil) y tuve que pasar por Baker Street Al cruzar por delante de la puerta que tan gratos recuerdos tenía para mí, y que por fuerza tenía que asociarse siempre en mi mente con mi noviazgo y con los tétricos episodios del Estudio en escarlata, me asaltó un vi-

lee, and finally of the mission which he had accomplished so delicately and successfully for the reigning family of Holland. Beyond these signs of his activity, how- ever, which I merely shared with all the readers of the daily press, I knew little of my former friend and companion.

One night—it was on the twentieth of March 1888—I was returning from a journey to a patient (for I had now returned to civil practice), when my way led me through Baker Street. As I passed the well-remembered door, which must always be associated in my mind with my wooing, and with the dark incidents of the Study in Scarlet, I was seized with a keen desire to see Holmes again, and to

vo deseo de volver a charlar con Holmes y de saber en qué estaba empleando sus extraordinarias facultades. Vi sus habitaciones brillantemente iluminadas y, cuando alcé la vista hacia ellas, llegué incluso a distinguir su figura, alta y enjuta, al proyectarse por dos veces su negra silueta sobre la cortina. Sherlock Holmes se paseaba por la habitación a paso vivo con impaciencia, la cabeza caída sobre el pecho las manos entrelazadas por detrás de la espalda. Para mí, que conocía todos sus humores y hábitos, su actitud y sus maneras tenían cada cual un significado propio. Otra vez estaba dedicado al trabajo. Había salido de las ensoñaciones provocadas por la droga, y estaba lanzado por el husmillo fresco de algún problema nuevo Tiré de la campanilla de llamada, y me hicieron subir a la habitación que había sido parcialmente mía.

know how he was employing his extraordinary powers. His rooms were brilliantly lit, and, even as I looked up, I saw his tall, spare figure pass twice in a dark silhouette against the blind. He was pacing the room swiftly, eagerly, with his head sunk upon his chest and his hands clasped behind him. To me, who knew his every mood and habit, his attitude and manner told their own story. He was at work again. He had risen out of his drug-created dreams and was hot upon the scent of some new problem. I rang the bell and was shown up to the chamber which had formerly been in part my own.

Sus maneras no eran efusivas. Rara vez lo eran, pero, según yo creo, se alegró de verme. Sin hablar apenas, pero con mirada cariñosa, me señaló con un vaivén de la mano un sillón, me echó su caja de cigarros, me indicó una garrafa de licor y un recipiente de agua de seltz que había en un rincón. Luego se colocó en pie delante del fuego, y me paso revista con su característica manera introspectiva.

His manner was not effusive. It seldom was; but he was glad, I think, to see me. With hardly a word spoken, but with a kindly eye, he waved me to an armchair, threw across his case of cigars, and indicated a spirit case and a gasogene in the corner. Then he stood before the fire and looked me over in his singular introspective fashion.

—Le sienta bien el matrimonio —dijo a modo de comentario—. Me está pareciendo, Watson, que ha engordado usted siete libras y media desde la última vez que le vi.

"Wedlock suits you" he remarked. "I think, Watson, that you have put on seven and a half pounds since I saw you."

—Siete —le contesté.

"Seven!" I answered.

—Pues, la verdad, yo habría dicho que un poquitín más. Yo creo, Watson, que un poquitín más. Y, por lo que veo, otra vez ejerciendo la medicina. No me había dicho usted que tenía el propósito de volver a su trabajo.

"Indeed, I should have thought a little more. Just a trifle more, I fancy, Watson. And in practice again, I observe. You did not tell me that you intended to go into harness."

11

—Pero ¿cómo lo sabe usted?

—Lo estoy viendo; lo deduzco. ¿Cómo sé que últimamente ha cogido usted mucha humedad, y que tiene a su servicio una doméstica torpe y descuidada?

—Mi querido Holmes —le dije—, esto es demasiado. De haber vivido usted hace unos cuantos siglos, con seguridad que habría acabado en la hoguera. Es cierto que el jueves pasado tuve que hacer una excursión al campo y que regresé a mi casa todo sucio; pero como no es ésta la ropa que llevaba no puedo imaginar-me de qué saca usted esa deducción. En cuanto a Marijuana, sí que es una muchacha incorregible, y por eso mi mujer le ha dado ya el aviso de despido; pero tampoco sobre ese detalle consigo imaginarme de qué manera llega usted a razonarlo.

"Then, how do you know?"

"I see it, I deduce it. How do I know that you have been getting yourself very wet lately, and that you have a most clumsy and careless servant girl?"

"My dear Holmes," said I, "this is too much. You would certainly have been burned, had you lived a few centuries ago. It is true that I had a country walk on Thursday and came home in a dreadful mess, but as I have changed my clothes, I can't imagine how you deduce it. As to Mary Jane, she is incorrigible, and my wife has given her notice, but there, again, I fail to see how you work it out."

Sherlock Holmes se rio por lo bajo y se frotó las manos, largas y nerviosas.

—Es la cosa más sencilla —dijo—. La vista me dice que en la parte interior de su zapato izquierdo, precisamente en el punto en que se proyecta la claridad del fuego de la chimenea, está el cuero marcado por seis cortes casi paralelos. Es evidente que han sido producidos por alguien que ha rascado sin ningún cuidado el borde de la suela todo alrededor para arrancar el barro seco. Eso me dio pie para mi doble deducción de que había salido usted con mal tiempo y de que tiene un ejemplar de doméstica londinense que rasca las botas con verdadera mala saña. En lo referente al ejercicio de la medicina, cuando entra un caballero en mis habitaciones oliendo a cloroformo, y veo en uno de los costados de su sombrero de copa un bulto saliente que me indica dónde

He chuckled to himself and rubbed his long, nervous hands together.

"It is simplicity itself," said he; "my eyes tell me that on the inside of your left shoe, just where the firelight strikes it, the leather is scored by six almost parallel cuts. Obviously, they have been caused by someone who has very carelessly scraped round the edges of the sole in order to remove crusted mud from it. Hence, you see, my double deduction that you had been out in vile weather, and that you had a particularly malignant boot-slitting specimen of the London slavey. As to your practice, if a gentleman walks into my rooms smelling of iodoform, with a black mark of nitrate of silver upon his right forefinger, and a bulge on the right side of his top-hat to show where he has secreted his stethoscope, I must be dull, indeed, if I do not pronounce him to be an active

13

ha escondido su estetoscopio, tendría yo que ser muy torpe para no dictaminar que se trata de un miembro en activo de la profesión médica.

No pude menos de reírme de la facilidad con que explicaba el proceso de sus deducciones, y le dije:

—Siempre que le oigo aportar sus razones, me parece todo tan ridículamente sencillo que yo mismo podría haberlo hecho con facilidad, aunque, en cada uno de los casos, me quedo desconcertado hasta que me explica todo el proceso que ha seguido. Y, sin embargo, creo que tengo tan buenos ojos como usted.

—Así es, en efecto —me contestó, encendiendo un cigarrillo y dejándose caer en um sillón—. Usted ve, pero no se fija. Es una distinción clara. Por ejemplo, usted ha visto con frecuencia los escalones para subir desde el vestíbulo a este cuarto.

member of the medical profession."

I could not help laughing at the ease with which he explained his process of deduction.

"When I hear you give your reasons," I remarked, "the thing always appears to me to be so ridiculously simple that I could easily do it myself, though at each successive instance of your reasoning I am baffled until you explain your process. And yet I believe that my eyes are as good as yours."

"Quite so," he answered, lighting a cigarette, and throwing himself down into an armchair. "You see, but you do not observe. The distinction is clear. For example, you have frequently seen the steps which lead up from the hall to this room."

—Muchas veces.

—¿Como cuántas?

—Centenares de veces.

—Dígame entonces cuántos escalones hay.

—¿Cuántos? Pues no lo sé.

—¡Lo que yo le decía! Usted ha visto, pero no se ha fijado. Ahí es donde yo hago hincapié. Pues bien: yo sé que hay diecisiete escalones, porque los he visto y, al mismo tiempo, me he fijado. A propósito, ya que le interesan a usted estos pequeños problemas, y puesto que ha llevado su bondad hasta hacer la crónica de uno o dos de mis insignificantes experimentos, quizá sienta interés por éste.

Me tiró desde donde él estaba una hoja de un papel de cartas grueso y de color de rosa, que había estado hasta ese

"Frequently."

"How often?"

"Well, some hundreds of times."

"Then how many are there?"

"How many? I don't know."

"Quite so! You have not observed. And yet you have seen. That is just my point. Now, I know that there are seventeen steps, because I have both seen and observed. By-the-way, since you are interested in these little problems, and since you are good enough to chronicle one or two of my trifling experiences, you may be interested in this."

He threw over a sheet of thick, pink-tinted note-paper which had been lying open upon the table.

15

momento encima de la mesa.
Y añadió:

—Me llegó por el último correo. Léala en voz alta.

"It came by the last post," said he. "Read it aloud."

Era una carta sin fecha, sin firma y sin dirección. Decía:

The note was undated, and without either sig- nature or address.

«Esta noche, a las ocho menos cuarto, irá a visitar a usted un caballero que desea consultarle sobre un asunto del más alto interés. Los recientes servicios que ha prestado usted a una de las casas reinantes de Europa han demostrado que es usted la persona a la que se pue-den confiar asuntos cuya importancia no es posible exagerar. En esta referencia sobre usted coinciden las distintas fuentes en que nos hemos informado. Esté usted en sus habitaciones a la hora que se le indica, y no tome a mal que el visitante se presente enmascarado.»

"There will call upon you tonight, at a quarter to eight o'clock," it said, "a gentleman who desires to consult you upon a matter of the very deepest moment. Your recent services to one of the royal houses of Europe have shown that you are one who may safely be trusted with matters which are of an importance which can hardly be exaggerated. This account of you we have from all quarters received. Be in your chamber then at that hour, and do not take it amiss if your visitor wears a mask."

—Este sí que es un caso mis-

"This is indeed a mystery," I

16

terioso — comenté yo—. ¿Qué cree usted que hay detrás de esto?

—No poseo todavía datos. Constituye un craso error el teorizar sin poseer datos. Uno empieza de manera insensible a retorcer los hechos para acomodarlos a sus hipótesis, en vez de acomodar las hipótesis a los hechos. Pero, circunscribiéndonos a la carta misma, ¿qué saca usted de ella?

Yo examiné con gran cuidado la escritura y el papel.

—Puede presumirse que la persona que ha escrito esto ocupa una posición desahogada — hice notar, esforzándome por imitar los procedimientos de mi compañero—. Es un papel que no se compra a menos de media corona el paquete. Su cuerpo y su rigidez son característicos.

remarked. "What do you imagine that it means?"

"I have no data yet. It is a capital mistake to theorize before one has data. Insensibly one begins to twist facts to suit theories, instead of theories to suit facts. But the note itself. What do you deduce from it?"

I carefully examined the writing, and the paper upon which it was written.

"The man who wrote it was presumably well to do," I remarked, endeavouring to imitate my companion's processes. "Such paper could not be bought under half a crown a packet. It is peculiarly strong and stiff."

—Ha dicho usted la palabra exacta: característicos — comentó Holmes—. Ese papel no es en modo alguno inglés. Póngalo al trasluz.

Así lo hice, y vi una E mayúscula con una g minúscula, una P y una G mayúscula seguida de una t minúscula, entrelazadas en la fibra misma del papel.

—¿Qué saca usted de eso? — preguntó Holmes.

—Debe de ser el nombre del fabricante, o mejor dicho, su monograma.

—De ninguna manera. La G mayúscula con t minúscula equivale a Gesellschaft, que en alemán quiere decir Compañía. Es una abreviatura como nuestra Cía. La P es, desde luego, Papier. Veamos las letras Eg. Echemos un vistazo a nuestro Diccionario Geográfico.

"Peculiar—that is the very word," said Holmes. "It is not an English paper at all. Hold it up to the light."

I did so and saw a large "E" with a small "g," a "P," and a large "G" with a small "t" woven into the texture of the paper.

"What do you make of that?" asked Holmes.

"The name of the maker, no doubt; or his monogram, rather."

"Not at all. The 'G' with the small 't' stands for 'Gesellschaft,' which is the German for 'Company.' It is a customary contraction like our 'Co.' 'P,' of course, stands for 'Papier.' Now for the 'Eg.' Let us glance at our Continental Gazetteer."

Bajó de uno de los estantes un pesado volumen pardo, y continuó:

—Eglow, Eglonitz... Aquí lo tenemos, Egria. Es una región de Bohemia en la que se habla alemán, no lejos de Carlsbad. «Es notable por haber sido el escenario de la muerte de Vallenstein y por sus muchas fábricas de cristal y de papel.» Ajajá, amigo mío, ¿qué saca usted de este dato?

Le centelleaban los ojos, y envió hacía el techo una gran nube triunfal del llamo azul de su cigarrillo.

—El papel ha sido fabricado en Bohemia — le dije.

—Exactamente. Y la persona que escribió la carta es alemana, como puede deducirse de la manera de redactar una de sus sentencias. Ni un francés ni un ruso le habrían dado ese giro. Los alemanes tratan con muy poca consideración a sus

He took down a heavy brown volume from his shelves.

"Eglow, Eglonitz—here we are, Egria. It is in a German-speaking country—in Bohemia, not far from Carlsbad. 'Remarkable as being the scene of the death of Wallenstein, and for its numerous glass-factories and paper-mills.' Ha, ha, my boy, what do you make of that?"

His eyes sparkled, and he sent up a great blue triumphant cloud from his cigarette.

"The paper was made in Bohemia," I said.

"Precisely. And the man who wrote the note is a German. Do you note the peculiar construction of the sentence— 'This account of you we have from all quarters received.' A Frenchman or Russian could not have written that. It is the

verbos. Sólo nos queda, pues, por averiguar qué quiere este alemán que escribe en papel de Bohemia y que prefiere usar una máscara a mostrar su cara. Pero, si no me equivoco, aquí está él para aclarar nuestras dudas.

German who is so uncourteous to his verbs. It only remains, therefore, to discover what is wanted by this German who writes upon Bohemian paper and prefers wearing a mask to showing his face. And here he comes, if I am not mistaken, to resolve all our doubts."

Mientras Sherlock Holmes hablaba, se oyó estrépito de cascos de caballos y el rechinar de unas ruedas rozando el bordillo de la acera, todo ello seguido de un fuerte campanillazo en la puerta de calle. Holmes dejó escapar un silbido y dijo:

As he spoke there was the sharp sound of horses' hoofs and grating wheels against the curb, followed by a sharp pull at the bell. Holmes whistled.

—De dos caballos, a juzgar por el ruido.

"A pair, by the sound," said he.

Luego prosiguió, mirando por la ventana:

"Yes," he continued, glancing out of the window.

—Sí, un lindo coche brougham, tirado por una yunta preciosa. Ciento cincuenta guineas valdrá cada animal.

"A nice little brougham and a pair of beauties. A hundred and fifty guineas apiece. There's money in this case,

20

Watson, en este caso hay dinero o, por lo menos, aunque no hubiera otra cosa.

—Holmes, estoy pensando que lo mejor será que me retire.

—De ninguna manera, doctor. Permanezca donde está. Yo estoy perdido sin mi Boswell. Esto promete ser interesante. Sería una lástima que usted se lo perdiese.

—Pero quizá su cliente...

—No se preocupe de él. Quizá yo necesite la ayuda de usted y él también. Aquí llega. Siéntese en ese sillón, doctor, y préstenos su mayor atención.

Unos pasos, lentos y fuertes, que se habían oído en las escaleras y en el pasillo se detuvieron junto a la puerta, del lado exterior. Y de pronto resonaron unos golpes secos.

Watson, if there is nothing else."

"I think that I had better go, Holmes."

"Not a bit, Doctor. Stay where you are. I am lost without my Boswell. And this promises to be interesting. It would be a pity to miss it."

"But your client..."

"Never mind him. I may want your help, and so may he. Here he comes. Sit down in that armchair, Doctor, and give us your best attention."

A slow and heavy step, which had been heard upon the stairs and in the passage, paused immediately outside the door. Then there was a loud and authoritative tap.

—¡Adelante! —dijo Holmes.

Entró un hombre que no bajaría de los seis pies y seis pulga-das de estatura, con el pecho y los miembros de un Hércules. Sus ropas eran de una riqueza que en Inglaterra se habría considerado como lindando con el mal gusto. Le acuchillaban las mangas y los delanteros de su chaqueta cruza-da unas posadas franjas de astracán, y su capa azul oscura, que tenía echada hacia atrás sobre los hombros, estaba forrada de seda color llama, y sujeta al cuello con un broche consistente en un berilo resplandeciente. Unas botas que le llegaban hasta la media pierna, y que estaban festoneadas en los bordes superiores con rica piel parda, completaban la impresión de bárbara opulencia que producía el conjunto de su aspecto externo. Traía en la mano un sombrero de anchas alas y, en la parte superior del rostro, tapándole hasta más abajo de

"Come in!" said Holmes.

A man entered who could hardly have been less than six feet six inches in height, with the chest and limbs of a Hercules. His dress was rich with a rich- ness which would, in England, be looked upon as akin to bad taste. Heavy bands of astrakhan were slashed across the sleeves and fronts of his double- breasted coat, while the deep blue cloak which was thrown over his shoulders was lined with flame- coloured silk and secured at the neck with a brooch which consisted of a single flaming beryl. Boots which extended halfway up his calves, and which were trimmed at the tops with rich brown fur, completed the impression of barbaric opulence which was suggested by his whole appearance. He carried a broad-brimmed hat in his hand, while he wore across the upper part of his face, extending down past the cheek-

los pómulos, ostentaba un antifaz negro que, por lo visto, se había colocado en ese mismo instante, porque aún tenía la mano puesta en él cuando hizo su entrada. A juzgar por las facciones de la parte inferior de la cara, se trataba de un hombre de carácter voluntarioso, de labio inferior grueso y caído, y barbilla prolongada y recta, que sugería una firmeza llevada hasta la obstinación.

—¿Recibió usted mi carta? —preguntó con voz profunda y ronca, de fuerte acento alemán—. Le anunciaba mi visita.

Nos miraba tan pronto al uno como al otro, dudando a cuál de los dos tenía que dirigirse.

—Tome usted asiento por favor —le dijo Sherlock Holmes—. Este señor es mi amigo y colega, el doctor Watson, que a veces lleva su amabilidad hasta ayudarme en los

bones, a black vizard mask, which he had apparently adjusted that very moment, for his hand was still raised to it as he entered. From the lower part of the face he appeared to be a man of strong character, with a thick, hanging lip, and a long, straight chin suggestive of resolution pushed to the length of obstinacy.

"You had my note?" he asked with a deep harsh voice and a strongly marked German accent. "I told you that I would call."

He looked from one to the other of us, as if uncertain which to address.

"Pray take a seat," said Holmes. "This is my friend and colleague, Dr. Watson, who is occasion- ally good enough to help me in my cases. Whom have I the honour

casos que se me presentan ¿A quién tengo el honor de hablar?

—Puede hacerlo como si yo fuese el conde von Kramm, aristócrata bohemio. Doy por supuesto este caballero amigo suyo es hombre de honor discreto al que yo puedo confiar un asunto de la mayor importancia. De no ser así, preferiría muchísimo tratar con usted solo.

Me levanté para retirarme, pero Holmes me agarró de la muñeca y me empujó, obligándome a sentarme.

—O a los dos, o a ninguno —dijo—. Puede usted hablar delante de este caballero todo cuanto quiera decirme a mí

El conde encogió sus anchos hombros, y dijo:

—Siendo así, tengo que empezar exigiendo de ustedes un secreto absoluto por un

to address?"

"You may address me as the Count Von Kramm, a Bohemian nobleman. I understand that this gentleman, your friend, is a man of honour and discretion, whom I may trust with a matter of the most extreme importance. If not, I should much prefer to communicate with you alone."

I rose to go, but Holmes caught me by the wrist and pushed me back into my chair.

"It is both, or none," said he. "You may say before this gentleman anything which you may say to me."

The Count shrugged his broad shoulders.

"Then I must begin," said he, "by binding you both to absolute secrecy for two years; at

plazo de dos años, pasados los cuales el asunto carecerá de importancia. En este momento, no exagera-ría afirmando que la tiene tan grande que pudiera influir en la historia de Europa.

—Lo prometo —dijo Holmes.

—Y yo también.

—Ustedes disculparán este antifaz — prosiguió nuestro extraño visitante—. La augusta persona que se sirve de mí desea que su agente permanezca incógnito para ustedes, y no estará de más que confiese desde ahora mismo que el título nobiliario que he adoptado no es exactamente el mío.

—Ya me había dado cuenta de ello —dijo secamente Holmes.

—Trátase de circunstancias sumamente delicadas, y es preciso tomar toda clase de

the end of that time the matter will be of no importance. At present it is not too much to say that it is of such weight it may have an influence upon European history."

"I promise." said Holmes.

"And I."

"You will excuse this mask," continued our strange visitor. "The august person who employs me wishes his agent to be unknown to you, and I may confess at once that the title by which I have just called myself is not exactly my own."

"I was aware of it," said Holmes dryly.

"The circumstances are of great delicacy, and every precaution has to be taken to

precauciones para ahogar lo que pudiera llegar a ser un escándalo inmenso y comprometer seriamente a una de las familias reinantes de Europa. Hablando claro, está implicada en este asunto la gran casa de los Ormstein, reyes hereditarios de Bohemia.

—También lo sabía— murmuró Holmes arrellanándose en su sillón, y cerrando los ojos.

Nuestro visitante miró con algo de evidente sorpresa la figura lánguida y repantigada de aquel hombre, al que sin duda le habían pintado como al razonador más incisivo y al agente más enérgico de Europa. Holmes reabrió poco a poco los ojos y miró con impaciencia a su gigantesco cliente.

—Si su majestad se dignase exponer su caso —dijo a modo de comentario—, estaría en mejores condiciones para aconsejarle.

quench what might grow to be an immense scandal and seriously compromise one of the reigning families of Europe. To speak plainly, the matter implicates the great House of Ormstein, hereditary kings of Bohemia."

"I was also aware of that," murmured Holmes, settling himself down in his armchair and closing his eyes.

Our visitor glanced with some apparent surprise at the languid, lounging figure of the man who had been no doubt depicted to him as the most incisive reasoner and most energetic agent in Europe. Holmes slowly reopened his eyes and looked impatiently at his gigantic client.

"If your Majesty would condescend to state your case" he remarked, "I should be better able to advise you."

Nuestro hombre saltó de su silla, y se puso a pasear por el cuarto, presa de una agitación imposible de dominar. De pronto se arrancó el antifaz de la cara con un gesto de desesperación, y lo tiró al suelo, gritando:

—Está usted en lo cierto. Yo soy el rey. ¿Por qué voy a tratar de ocultárselo?

—Naturalmente. ¿Por qué? —murmuró Holmes—. Aún no había hablado su majestad y ya me había yo dado cuenta de que estaba tratando con Wilhelm Gottsreich Sigismond von Ormstein, gran duque de Cassel Falstein y rey hereditario de Bohemia.

—Pero ya comprenderá usted —dijo nuestro extraño visitante, volviendo a tomar asiento y pasándose la mano por su frente, alta y blanca— ya comprenderá usted, digo, que no estoy acostumbrado a realizar personalmente esta

The man sprang from his chair and paced up and down the room in uncontrollable agitation. Then, with a gesture of desperation, he tore the mask from his face and hurled it upon the ground.

"You are right," he cried; "I am the King. Why should I attempt to conceal it?"

"Why, indeed?" murmured Holmes. "Your Majesty had not spoken before I was aware that I was addressing Wilhelm Gottsreich Sigismond von Ormstein, Grand Duke of Cassel-Felstein, and hereditary King of Bohemia."

"But you can understand," said our strange visitor, sitting down once more and passing his hand over his high white forehead, "you can understand that I am not accustomed to doing such business in my own person.

clase de gestiones. Se trataba, sin embargo, de un asunto tan delicado que no podía confiárselo a un agente mío sin entregarme en sus manos. He venido bajo incógnito desde Praga con el propósito de consultar con usted.

—Pues entonces, consúlteme —dijo Holmes, volviendo una vez más a cerrar los ojos.

—He aquí los hechos, brevemente expuestos: Hará unos cinco años, y en el transcurso de una larga estancia mía en Varsovia, conocí a la célebre aventurera Irene Adler. Con seguridad que ese nombre le será familiar a usted.

—Doctor, tenga la amabilidad de buscarla en el índice— murmuró Holmes sin abrir los ojos.

Venía haciendo extractos de párrafos referentes a personas y cosas, Y era difícil tocar un tema o hablar de alguien sin

Yet the matter was so delicate that I could not confide it to an agent without putting myself in his power. I have come incognito from Prague for the purpose of consulting you."

"Then, pray consult," said Holmes, shutting his eyes once more.

"The facts are briefly these: Some five years ago, during a lengthy visit to Warsaw, I made the acquaintance of the well-known adventuress, Irene Adler. The name is no doubt familiar to you."

"Kindly look her up in my index, Doctor," murmured Holmes without opening his eyes.

For many years he had adopted a system of docketing all para- graphs concerning men and things, so that it

que él pudiera suministrar en el acto algún dato sobre los mismos. En el caso actual encontré la biografía de aquella mujer, emparedada entre la de un rabino hebreo y la de un oficial administrativo de la Marina, autor de una monografía acerca de los peces abismales.

—Déjeme ver —dijo Holmes—. ¡Ejem! Nacida en Nueva Jersey el año mil ochocientos cincuenta y ocho. Contralto. ¡Ejem! La Scala. ¡Ejem! Prima donna en la Opera Imperial de Varsovia... Eso es... Retirada de los escenarios de ópera, ¡Ajá! Vive en Londres... ¡Justamente!... Según tengo entendido, su majestad se enredó con esta joven, le escribió ciertas cartas comprometedoras, y ahora desea recuperarlas.

—Exactamente... Pero ¿cómo?

—¿Hubo matrimonio secreto?

—En absoluto.

"None."

—¿Ni papeles o certificados legales?

"No legal papers or certificates?"

—Ninguno.

"None."

—Pues entonces, no alcanzo a ver adónde va a parar su majestad. En el caso de que esta joven exhibiese cartas para realizar un chantaje, o con otra finalidad cualquiera, ¿cómo iba ella a demostrar su autenticidad?

"Then I fail to follow your Majesty. If this young person should produce her letters for blackmailing or other purposes, how is she to prove their authenticity?"

—Esta la letra.

"There is the writing."

—¡Puf! Falsificada.

"Pooh, pooh! Forgery."

—Mi papel especial de cartas.

"My private note-paper."

—Robado.

"Stolen."

—Mi propio sello.

"My own seal."

—Imitado.

"Imitated."

—Mi fotografía.

"My photograph."

—Comprada.

"Bought."

—En la fotografía estamos los dos.

"We were both in the photograph."

—¡Vaya, vaya! ¡Esto sí que está mal! Su majestad cometió, desde luego, una indiscreción.

"Oh, dear! That is very bad! Your Majesty has indeed committed an indiscretion."

—Estaba fuera de mí, loco.

"I was mad—insane."

—Se ha comprometido seriamente.

"You have compromised yourself seriously."

—Entonces yo no era más que príncipe heredero. Y, además, joven. Hoy mismo no tengo sino treinta años.

"I was only Crown Prince then. I was young. I am but thirty now."

—Es preciso recuperar esa fotografía.

"It must be recovered."

—Lo hemos intentado y fracasamos.

"We have tried and failed."

—Su majestad tiene que pagar. Es preciso comprar esa fotografía.

"Your Majesty must pay. It must be bought."

—Pero ella no quiere venderla.

"She will not sell."

—Hay que robársela enton-
ces.

"Stolen, then."

—Hemos realizado cinco ten-
tativas. Ladrones a sueldo
mío registraron su casa de
arriba abajo por dos veces. En
otra ocasión, mientras ella
viajaba, sustrajimos su equi-
paje. Le tendimos celadas dos
veces más. Siempre sin resul-
tado.

"Five attempts have been
made. Twice burglars in my
pay ransacked her house.
Once we diverted her luggage
when she travelled. Twice she
has been waylaid. There has
been no result."

—¿No encontraron rastro alguno de la foto?

"No sign of it?"

—En absoluto.

"Absolutely none."

Holmes se echó a reír y dijo:

Holmes laughed.

—He ahí un problemita pe-
liagudo.

"It is quite a pretty little problem," said he.

—Pero muy serio para mí —le
replicó en tono de reconven-
ción el rey.

"But a very serious one to
me," returned the King re-
proachfully.

—Muchísimo, desde luego.
Pero ¿qué se propone hacer
ella con esa fotografía?

"Very, indeed. And what
does she propose to do with
the photograph?"

—Arruinarme.

—¿Cómo?

—Estoy en vísperas de contraer matrimonio.

—Eso tengo entendido.

—Con Clotilde Lothman von Saxe Meningen. Hija segunda del rey de Escandinavia. Quizá sepa usted que es una familia de principios muy estrictos. Y ella misma es la esencia de la delicadeza. Bastaría una sombra de duda acerca de mi conducta para que todo se viniese abajo

—¿Y qué dice Irene Adler?

—Amenaza con enviarles la fotografía. Y lo hará. Estoy seguro de que lo hará. Usted no la conoce. Tiene un alma de acero. Posee el rostro de la más hermosa de las mujeres y el temperamento del más resuelto de los hombres. Es capaz de llegar a cualquier ex-

"To ruin me."

"But how?"

"I am about to be married."

"So I have heard."

"To Clotilde Lothman von Saxe-Meningen, second daughter of the King of Scandinavia. You may know the strict principles of her family. She is her- self the very soul of delicacy. A shadow of a doubt as to my conduct would bring the matter to an end."

"And Irene Adler?"

"Threatens to send them the photograph. And she will do it. I know that she will do it. You do not know her, but she has a soul of steel. She has the face of the most beautiful of women, and the mind of the most resolute of men. Rather than I should marry another

tremo antes de consentir que yo me case con otra mujer.

—¿Está seguro de que no la ha enviado ya?

—Lo estoy.

—¿Por qué razón?

—Porque ella aseguró que la enviará el día mismo en que se haga público el compromiso matrimonial. Y eso ocurrirá el lunes próximo

—Entonces tenemos por delante tres días aún —exclamó Holmes, bostezando—. Es una suerte, porque en este mismo instante traigo entre manos un par de asuntos de verdadera importancia, Supongo que su majestad permanecerá por ahora en Londres, ¿no es así?

—Desde luego. Usted me encontrará en el Langham, bajo el nombre de conde von Kramm.

woman, there are no lengths to which she would not go— none."

"You are sure that she has not sent it yet?"

"I am sure."

"And why?"

"Because she has said that she would send it on the day when the betrothal was publicly pro- claimed. That will be next Monday."

"Oh, then we have three days yet," said Holmes with a yawn. "That is very fortunate, as I have one or two matters of importance to look into just at present. Your Majesty will, of course, stay in London for the present?"

"Certainly. You will find me at the Langham under the name of the Count Von Kramm."

—Le haré llegar unas líneas para informarle de cómo llevamos el asunto

"Then I shall drop you a line to let you know how we progress."

—Hágalo así, se lo suplico, porque vivo en una pura ansiedad.

"Pray do so. I shall be all anxiety."

—Otra cosa. ¿Y la cuestión dinero?

"Then, as to money?"

—Tiene usted carte blanche.

"You have carte blanche."

—¿Sin limitaciones?

"Absolutely?"

—Le aseguro que daría una provincia de mi reino por tener en mi poder la fotografía.

"I tell you that I would give one of the provinces of my kingdom to have that photograph."

—¿Y para gastos de momento?

"And for present expenses?"

El rey sacó de debajo de su capa un grueso talego de gamuza, y lo puso encima de la mesa, diciendo:

The King took a heavy chamois leather bag from under his cloak and laid it on the table.

—Hay trescientas libras en oro y setecientas en billetes.

"There are three hundred pounds in gold and seven hundred in notes," he said.

Holmes garrapateó en su cuaderno un recibo, y se lo entregó.

—¿Y la dirección de esa señorita? — preguntó.

—Pabellón Briony. Serpentine Avenue, St. John's Wood.

Holmes tomó nota, y dijo:

—Otra pregunta: ¿era la foto de tamaño exposición?

—Sí que lo era.

—Entonces, majestad, buenas noches, y es-pero que no tardaremos en tener alguna buena noticia para usted. Y a usted también, Watson, buenas noches —agregó así que rodaron en la calle las ruedas del brougham real—. Si tuviese la amabilidad de pasarse por aquí mañana por la tarde, a las tres, me gustaría charlar con usted de este asuntito.

Holmes scribbled a receipt upon a sheet of his note-book and handed it to him.

"And Mademoiselle's address?" he asked.

"Is Briony Lodge, Serpentine Avenue, St. John's Wood."

Holmes took a note of it.

"One other question," said he. "Was the photograph a cabinet?"

"It was."

"Then, good-night, your Majesty, and I trust that we shall soon have some good news for you. And good-night, Watson," he added, as the wheels of the royal brougham rolled down the street. "If you will be good enough to call to-morrow after- noon at three o'clock I should like to chat this little matter over with you."

CAPÍTULO II – CHAPTER II

A las tres en punto me encontraba yo en Barker Street, pero Holmes no había regresado todavía. La dueña me informó que había salido de casa poco después de las ocho de la mañana. Me senté, no obstante, junto al fuego, resuelto a esperarle por mucho que tardase. Esta investigación me había interesado profundamente; no estaba rodeada de ninguna de las características extraordinarias y horrendas que concurrían en los dos crímenes que he dejado ya relatados, pero la índole del caso y la alta posición del cliente de Holmes lo revestían de un carácter especial. La verdad es que, con independencia de la índole de las pesquisas que

At three o'clock precisely I was at Baker Street, but Holmes had not yet returned. The landlady in- formed me that he had left the house shortly after eight o'clock in the morning. I sat down beside the fire, however, with the intention of awaiting him, however long he might be. I was already deeply interested in his inquiry, for, though it was sur- rounded by none of the grim and strange features which were associated with the two crimes which I have already recorded, still, the nature of the case and the exalted station of his client gave it a character of its own. Indeed, apart from the nature of the investigation which my friend

mi amigo emprendía, había en su magistral manera de abarcar las situaciones, y en su razonar agudo e incisivo, un algo que convertía para mí en un placer el estudio de su sistema de trabajo, y el seguirle en los métodos, rápidos y sutiles, con que desenredaba los misterios más inextricables. Me hallaba yo tan habituado a verle triunfar que ni siquiera me entraba en la cabeza la posibilidad de un fracaso suyo.

Eran ya cerca de las cuatro cuando se abrió la puerta y entró en la habitación un mozo de caballos, con aspecto de borracho, desaseado, de puntillas largas, cara abotagada y ropas indecorosas. A pesar de hallarme acostumbrado a la asombrosa habilidad de mi amigo para el empleo de disfraces, tuve que examinarlo muy detenidamente antes de cerciorarme de que era él en persona Me saludó con una inclinación de cabeza y se me-

had on hand, there was something in his masterly grasp of a situation, and his keen, incisive reasoning, which made it a pleasure to me to study his system of work, and to follow the quick, subtle methods by which he disentangled the most inextricable mysteries. So accustomed was I to his invariable success that the very possibility of his failing had ceased to enter into my head.

It was close upon four before the door opened, and a drunken-looking groom, ill-kempt and side- whiskered, with an inflamed face and disreputable clothes, walked into the room. Accustomed as I was to my friend's amazing powers in the use of disguises, I had to look three times before I was certain that it was indeed he. With a nod he vanished into the bedroom, whence he emerged in five minutes tweed-suited and re-

tió en su dormitorio, del que volvió a salir antes de cinco minutos vestido con traje de mezclilla y con su aspecto respetable de siempre.

—Pero ¡quien iba a decirlo! —exclamé yo, y él se rió hasta sofocarse; y rompió de nuevo a reír y tuvo que recostarse en su sillón, desmadejado e impotente.

—¿De qué se ríe?

—La cosa tiene demasiada gracia. Estoy seguro de que no es usted capaz de adivinar en qué invertí la mañana, ni lo que acabé por hacer.

—No puedo imaginármelo, aunque supongo que habrá estado estudiando las costumbres, y hasta quizá la casa de la señorita Irene Adler.

—Exactamente, pero las consecuencias que se me originaron han sido bastante fuera de lo corriente. Se lo voy a con-

spectable, as of old. Putting his hands into his pockets, he stretched out his legs in front of the fire and laughed heartily for some minutes.

"Well, really!" he cried, and then he choked and laughed again until he was obliged to lie back, limp and helpless, in the chair.

"What is it?"

"It's quite too funny. I am sure you could never guess how I employed my morning, or what I ended by doing."

"I can't imagine. I suppose that you have been watching the habits, and perhaps the house, of Miss Irene Adler."

"Quite so; but the sequel was rather unusual. I will tell you, however. I left the house a little after eight o'clock this

tar. Salí esta mañana de casa poco después de las ocho, caracterizado de mozo de caballos, en busca de colocación. Existe entre la gente de caballerizas una asombrosa simpatía y hermandad masónica. Sea usted uno de ellos, y sabrá todo lo que hay que saber. Pronto di con el Pabellón Briony. Es una joyita de chalet, con jardín en la parte posterior, pero con su fachada de dos pisos construida en línea con la calle. La puerta tiene cerradura sencilla. A la derecha hay un cuarto de estar, bien amueblado, con ventanas largas, que llegan casi hasta el suelo y que tienen anticuados cierres ingleses de ventana, que cualquier niño es ca-paz de abrir. En la fachada posterior no descubrí nada de particular, salvo que la ventana del pasillo puede alcanzarse desde el techo del edificio de la cochera. Caminé alrededor de la casa y lo examiné todo cuidadosamente y desde todo punto de vista, aunque sin

morning in the character of a groom out of work. There is a wonderful sympathy and freemasonry among horsey men. Be one of them, and you will know all that there is to know. I soon found Briony Lodge. It is a bijou villa, with a garden at the back, but built out in front right up to the road, two stories. Chubb lock to the door. Large sitting-room on the right side, well furnished, with long windows almost to the floor, and those preposterous English window fasteners which a child could open. Behind there was nothing remarkable, save that the passage window could be reached from the top of the coach-house. I walked round it and examined it closely from every point of view, but without noting anything else of interest.

descubrir ningún otro detalle de interés.

Luego me fui paseando descansadamente calle adelante, y descubrí, tal como yo esperaba, unos establos en una travesía que corre a lo largo de una de las tapias del jardín. Eché una mano a los mozos de cuadra en la tarea de almohazar los caballos, y me lo pagaron con dos peniques, un vaso de mitad y mitad, dos rellenos de la cazoleta de mi pipa con mal tabaco, y todos los informes que yo podía apetecer acerca de la señorita Adler, sin contar con los que me dieron acerca de otra media docena de personas de la vecindad, em las cuales yo no tenía ningún interés, pero que no tuve más remedio que escuchar.

I then lounged down the street and found, as I expected, that there was a mews in a lane which runs down by one wall of the garden. I lent the ostlers a hand in rubbing down their horses, and received in exchange two pence, a glass of half and half, two fills of shag tobacco, and as much information as I could desire about Miss Adler, to say nothing of half a dozen other people in the neighbourhood in whom I was not in the least interested, but whose biographies I was compelled to listen to.

—¿Y qué supo de Irene Adler? —le pregunté.

"And what of Irene Adler?" I asked.

—Pues verá usted, tiene locos a todos los hombres que vi-

"Oh, she has turned all the men's heads down in that

ven por allí. Es la cosa más linda que haya bajo un sombrero en todo el planeta. Así aseguran, como un solo hombre, todos los de las caballerizas de Serpentine. Lleva una vida tranquila, canta en conciertos, sale todos los días en carruaje a las cinco, y regresa a las siete en punto para cenar. Salvo cuando tiene que cantar, es muy raro que haga otras salidas. Sólo es visitada por un visitante varón, pero lo es con mucha frecuencia. Es un hombre more-no, hermoso, impetuoso, no se pasa un día sin que la visite, y en ocasiones lo hace dos veces el mismo día. Es un tal señor Godfrey Norton del colegio de abogados de Inner Temple. Fíjese en todas las ventajas que ofrece para ser confidente el oficio de cochero. Estos que me hablaban lo habían llevado a su casa una docena de veces, desde las caballerizas de Serpentine, y estaban al cabo de la calle sobre su persona. Una vez que me hube

part. She is the daintiest thing under a bon- net on this planet. So say the Serpentine-mews, to a man. She lives quietly, sings at concerts, drives out at five every day, and returns at seven sharp for dinner. Seldom goes out at other times, except when she sings. Has only one male visitor, but a good deal of him. He is dark, handsome, and dashing, never calls less than once a day, and often twice. He is a Mr. Godfrey Norton, of the Inner Temple. See the advantages of a cabman as a confidant. They had driven him home a dozen times from Serpentine-mews and knew all about him. When I had listened to all they had to tell, I began to walk up and down near Briony Lodge once more, and to think over my plan of campaign.

enterado de todo cuanto podían decirme, me dediqué otra vez a pasearme calle arriba y calle abajo por cerca del Pabellón Briony, y a trazarme mi plan de campaña.

Este Godfrey Norton jugaba, sin duda, un gran papel en el asunto. Era abogado lo cual sonaba de una manera ominosa. ¿Qué clase de relaciones existía entre ellos, y qué finalidad tenían sus repetidas visitas? ¿Era ella cliente, amiga o amante suya? En el primero de estos casos era probable que le hubiese entregado a él la fotografía. En el último de los casos, ya resultaba menos probable. De lo que resultase dependía el que yo siguiese con mi labor en el Pabellón Briony o volviese mi atención a las habitaciones de aquel caballero, en el Temple. Era un punto delicado y que ensanchaba el campo de mis investigaciones. Me temo que le estoy aburriendo a usted con todos estos detalles, pero si

This Godfrey Norton was evidently an important factor in the matter. He was a lawyer. That sounded ominous. What was the relation between them, and what the object of his repeated visits? Was she his client, his friend, or his mistress? If the former, she had probably transferred the photo- graph to his keeping. If the latter, it was less likely. On the issue of this question depended whether I should continue my work at Briony Lodge or turn my attention to the gentleman's chambers in the Temple. It was a delicate point, and it widened the field of my inquiry. I fear that I bore you with these details, but I have to let you see my little difficulties, if you are to understand the situation.

43

usted ha de hacerse cargo de la situación, es preciso que yo le exponga mis pequeñas dificultades.

—Le sigo a usted con gran atención —le contesté.

—Aún seguía sopesando el tema en mi mente cuando se detuvo delante del Pabellón Briony un coche de un caballo, y saltó fuera de él un caballero. Era un hombre de extraordinaria belleza, moreno, aguileño, de bigotes, sin duda alguna el hombre del que me habían hablado. Parecía tener mucha prisa, gritó al cochero que esperase, e hizo a un lado con el brazo a la doncella que le abrió la puerta, con el aire de quien está en su casa.

Permaneció en el interior cosa de media hora, y yo pude captar rápidas visiones de su persona, al otro lado de las ventanas del cuarto de estar, se paseaba de un lado para otro, hablaba animadamente,

"I am following you closely," I answered.

"I was still balancing the matter in my mind when a hansom cab drove up to Briony Lodge, and a gentleman sprang out. He was a remarkably handsome man, dark, aquiline, and moustached — evidently the man of whom I had heard. He appeared to be in a great hurry, shouted to the cabman to wait, and brushed past the maid who opened the door with the air of a man who was thoroughly at home.

"He was in the house about half an hour, and I could catch glimpses of him in the windows of the sitting-room, pacing up and down, talking excitedly, and waving his arms. Of her I could see noth-

y agitaba los brazos. A ella no conseguí verla. De pronto volvió a salir aquel hombre con muestras de llevar aún más prisa que antes. Al subir al coche, sacó un reloj de oro del bolsillo, y miró la hora con gran ansiedad.

«Salga como una exhalación — gritó —. Primero a Gross y Hankey, en Regent Street, y después a la iglesia de Santa Mónica, en Edgware Road. ¡Hay media guinea para usted si lo hace en veinte minutos!».

Allá se fueron, y, cuando yo estaba preguntándome si no haría bien en seguirlos, veo venir por la travesía un elegante landó pequeño, cuyo cochero traía aún a medio abrochar la chaqueta, y el nudo de la corbata debajo de la oreja, mientras que los extremos de las correas de su atalaje saltan fuera de las hebillas. Ni siquiera tuvo tiempo de parar delante de la puerta,

ing. Presently he emerged, looking even more flurried than before. As he stepped up to the cab, he pulled a gold watch from his pocket and looked at it earnestly,

'Drive like the devil,' he shouted, 'first to Gross & Hankey's in Regent Street, and then to the Church of St. Monica in the Edgeware Road. Half a guinea if you do it in twenty minutes!'

"Away they went, and I was just wondering whether I should not do well to follow them when up the lane came a neat little landau, the coachman with his coat only half-buttoned, and his tie under his ear, while all the tags of his harness were sticking out of the buckles. It hadn't pulled up before she shot out of the hall door and into it. I only caught a glimpse of her at the

45

cuando salió ella del vestíbulo como una flecha, y subió al coche. No hice sino verla un instante, pero me di cuenta de que era una mujer adorable, con una cara como para que un hombre se deja-se matar por ella. «A la iglesia de Santa Mónica, John —le gritó—, y hay para ti medio soberano si llegas en veinte minutos.»

Watson, aquello era demasiado bueno para perdérselo. Estaba yo calculando que me convenía más, si echar a correr o colgarme de la parte trasera del landó; pero en ese instante vi acercarse por la calle a un coche de alquiler. El cochero miró y remiró al ver un cliente tan desaseado; pero yo salté dentro sin darle tiempo a que pusiese inconvenientes, y le dije: «A la iglesia de Santa Mónica, y hay para ti medio soberano si llegas en veinte minutos.» Eran veinticinco para las doce y no resultaba difícil barruntar de qué se trataba.

moment, but she was a lovely woman, with a face that a man might die for."'The Church of St. Monica, John,' she cried, 'and half a sovereign if you reach it in twenty minutes.'

"This was quite too good to lose, Watson. I was just balancing whether I should run for it, or whether I should perch behind her landau when a cab came through the street. The driver looked twice at such a shabby fare, but I jumped in before he could object. 'The Church of St. Monica,' said I, 'and half a sovereign if you reach it in twenty minutes.' It was twenty-five minutes to twelve, and of course it was clear enough what was in the wind.

Mi cochero arreó de lo lindo. No creo que yo haya ido nunca en coche a mayor velocidad, pero lo cierto es que los demás llegaron antes. Cuando lo hice yo, el coche de un caballo y el landó se hallaban delante de la iglesia, con sus caballos humeantes. Pagué al cochero y me metí a toda prisa en la iglesia. No había en ella un alma, fuera de las dos a quienes yo había venido siguiendo, y un clérigo vestido de sobrepelliz, que parecía estar arguyendo con ellos. Se hallaban los tres formando grupo delante del altar. Yo me metí por el pasillo lateral muy sosegadamente, como uno que ha venido a pasar el tiempo a la iglesia. De pronto, con gran sorpresa mía, los tres que estaban junto al altar se volvieron a mirarme, y Godfrey Norton vino a todo correr hacia mí. «¡Gracias a Dios! — exclamó—. Usted nos servirá. ¡Venga, venga!» «¿Qué ocurre?», pregunté.

"My cabby drove fast. I don't think I ever drove faster, but the others were there before us. The cab and the landau with their steaming horses were in front of the door when I arrived. I paid the man and hurried into the church. There was not a soul there save the two whom I had followed and a surpliced clergyman, who seemed to be expostulating with them. They were all three standing in a knot in front of the altar. I lounged up the side aisle like any other idler who has dropped into a church. Suddenly, to my surprise, the three at the altar faced round to me, and Godfrey Norton came running as hard as he could towards me." 'Thank God,' he cried. 'You'll do. Come! Come!' 'What then?' I asked 'Come, man, come, only three minutes, or it won't be legal.'

«Venga, hombre, venga. Se trata de tres minutos, o de lo contrario, no será legal.»

--Me llevó medio a rastras al altar, y antes que yo comprendiese de qué se trataba, me encontré mascullando respuestas que me susurraban al oído, y saliendo garante de cosas que ignoraba por completo y, en términos generales, colaborando en unir con firmes lazos a Irene Adler, soltera, con Godfrey Norton, soltero. Todo se hizo en un instante, y allí me tiene usted entre el caballero, a un lado mío, que me daba las gracias, y al otro lado la dama, haciendo lo propio, mientras el clérigo me sonreía delante, de una manera beatífica. Fue la situación más absurda en que yo me he visto en toda mi vida, y fue el recuerdo de la misma lo que hizo estallar mi risa hace un momento. Por lo visto, faltaba no sé qué requisito a su licencia matrimonial, y el clérigo se negaba rotun-

"I was half-dragged up to the altar, and be- fore I knew where I was, I found myself mumbling responses which were whispered in my ear, and vouching for things of which I knew nothing, and generally assisting in the secure tying up of Irene Adler, spinster, to Godfrey Norton, bachelor. It was all done in an instant, and there was the gentleman thanking me on the one side and the lady on the other, while the clergyman beamed on me in front. It was the most preposterous position in which I ever found myself in my life, and it was the thought of it that started me laughing just now. It seems that there had been some informality about their license, that the clergyman absolutely refused to marry them without a witness of some sort, and that my lucky

damente a casarlos si no presentaban algún testigo; mi afortunada aparición ahorró al novio la necesidad de lanzarse a la calle a la búsqueda de un padrino. La novia me regaló un soberano, que yo tengo intención de llevar en la cadena de mi reloj en recuerdo de aquella ocasión.

—Las cosas han tomado un giro inesperado —dije yo—. ¿Qué va a ocurrir ahora?

—Pues, la verdad, me encontré con mis planes seriamente amenazados. Saqué la impresión de que quizá la pareja se iba a largar de allí inmediatamente, lo que requeriría de mi parte medidas rapidísimas y enérgicas. Sin embargo, se separaron a la puerta de la iglesia, regresan-do él en su coche al Temple y ella en el suyo a su propia casa. Al despedirse, le dijo ella: «Me pasearé, como siempre, en coche a las cinco por el parque.» No oí más. Los coches tiraron en

appearance saved the bridegroom from having to sally out into the streets in search of a best man. The bride gave me a sovereign, and I mean to wear it on my watch-chain in memory of the occasion."

"This is a very unexpected turn of affairs," said I; "and what then?"

"Well, I found my plans very seriously menaced. It looked as if the pair might take an immediate departure, and so necessitate very prompt and energetic measures on my part. At the church door, however, they separated, he drove back to the Temple, and she to her own house. 'I shall drive out in the park at five as usual,' she said as she left him. I heard no more. They drove away in different directions, and I went off to make my own arrangements."

diferentes direcciones, y yo me marché a lo mío.

—Y ¿qué es lo suyo?

—Pues a comerme alguna carne fiambre y beberme un vaso de cerveza —contestó, tocan-do la campanilla—. He andado demasiado atareado para pensar en tomar ningún alimento, y es probable que al anochecer lo esté aún más. A propósito, doctor, me va a ser necesaria su cooperación.

—Encantado.

—¿No le importará faltar a la ley?

—Absolutamente nada.

—¿Ni el ponerse a riesgo de que lo detengan?

—No, si se trata de una buena causa.

—¡Oh, la causa es excelente!

"Which are?"

"Some cold beef and a glass of beer," he answered, ringing the bell. "I have been too busy to think of food, and I am likely to be busier still this evening. By the way, Doctor, I shall want your co-operation."

"I shall be delighted."

"You don't mind breaking the law?"

"Not in the least."

"Nor running a chance of arrest?"

"Not in a good cause."

"Oh, the cause is excellent!"

—Entonces, cuente conmigo.

—Estaba seguro de que podía contar con usted.

—Pero ¿qué es lo que desea de mí?

—Se lo explicaré una vez que la señora Turner haya traído su bandeja. Y ahora —dijo, encarándose con la comida sencilla que le había servido nuestra patrona—, como es poco el tiempo de que dispongo, tendré que explicárselo mientras como. Son ya casi las cinco. Es preciso que yo me encuentre dentro de dos horas en el lugar de la escena. La señorita, o mejor dicho, la señora Irene, regresará a las siete de su paseo en coche. Necesitamos estar junto al Pabellón Briony para recibirla.

—Y entonces, ¿qué?

—Déjelo eso de cuenta mía. Tengo dispuesto ya lo que

"Then I am your man."

"I was sure that I might rely on you."

"But what is it you wish?"

"When Mrs. Turner has brought in the tray, I will make it clear to you. Now," he said as he turned hungrily on the simple fare that our land- lady had provided, "I must discuss it while I eat, for I have not much time. It is nearly five now. In two hours, we must be on the scene of action. Miss Irene, or Madame, rather, returns from her drive at seven. We must be at Briony Lodge to meet her."

"And what then?"

"You must leave that to me. I have already arranged what

tiene que ocurrir. He de insistir tan sólo en una cosa. Ocurra lo que ocurra, usted no debe intervenir. ¿Me entiende?

—Quiere decir que debo permanecer neutral.

—Sin hacer absolutamente nada. Ocurrirá probablemente algún incidente desagradable. Usted quédese al margen. El final será que me tendrán que llevar al interior de la casa. Cuatro o cinco minutos más tarde, se abrirá la ventana del cuarto de estar. Usted se situará cerca de la ventana abierta.

—Entendido.

—Estará atento a lo que yo haga, porque me situaré en un sitio visible para usted.

—Entendido.

—Y cuando yo levante mi mano así, arrojará usted al

is to occur. There is only one point on which I must insist. You must not interfere, come what may. You understand?"

"I am to be neutral?"

"To do nothing whatever. There will probably be some small unpleasantness. Do not join in it. It will end in my being conveyed into the house. Four or five minutes afterwards the sitting-room window will open. You are to station yourself close to that open window."

"Yes."

"You are to watch me, for I will be visible to you."

"Yes."

"And when I raise my hand—so—you will throw into the

interior de la habitación algo que yo le daré y al mismo tiempo, dará usted la voz de ¡fuego! ¿Va usted siguiéndome?

—Completamente.

—No se trata de nada muy terrible —dijo, sacando del bolsillo un rollo largo, de forma de cigarro—. Es un cohete ordinario de humo de plomero, armado en sus dos extremos con sen-das cápsulas para que se encienda automática mente. A eso se limita su papel. Cuando dé usted la voz de fuego, la repetirá una cantidad de personas. Entonces puede usted marcharse hasta el extremo de la calle, donde yo iré a juntarme con usted al cabo de diez minutos. ¿Me he explicado con suficiente claridad?

—Debo mantenerme neutral, acercarme a la ventana, estar atento a usted, y, en cuanto usted me haga una señal, arro-

room what I give you to throw, and will, at the same time, raise the cry of fire. You quite follow me?"

"Entirely."

"It is nothing very formidable," he said, taking a long cigar-shaped roll from his pocket. "It is an ordinary plumber's smoke-rocket, fitted with a cap at either end to make it self-lighting. Your task is confined to that. When you raise your cry of fire, it will be taken up by quite a number of people. You may then walk to the end of the street, and I will rejoin you in ten minutes. I hope that I have made myself clear?"

"I am to remain neutral, to get near the window, to watch you, and at the signal to throw in this object, then to raise the

53

jar al interior este objeto, dar la voz de fuego, y esperarle en la esquina de la calle.

—Exactamente.

—Pues entonces confíe en mí.

—Magnífico. Pienso que quizá sea ya tiempo de que me caracterice para el nuevo papel que tengo que representar.

Desapareció en el interior de su dormitorio, regresando a los pocos minutos caracterizado como un clérigo disidente, bondadoso y sencillo. Su ancho sombrero negro, pantalones abolsados, corbata blanca, sonrisa de simpatía y aspecto general de observador curioso y benévolo eran tales, que sólo un señor John Hare sería capaz de igualarlos. A cada tipo nuevo de que se disfrazaba, parecía cambiar hasta de expresión, maneras e incluso de alma. Cuando Hol-

cry of fire, and to wait you at the corner of the street."

"Precisely."

"Then you may entirely rely on me."

"That is excellent. I think, perhaps, it is almost time that I prepare for the new role I have to play."

He disappeared into his bedroom and returned in a few minutes in the character of an amiable and simple-minded Nonconformist clergyman. His broad black hat, his baggy trousers, his white tie, his sympathetic smile, and general look of peering and benevolent curiosity were such as Mr. John Hare alone could have equalled. It was not merely that Holmes changed his costume. His expression, his manner, his very soul seemed to vary with every

mes se especializó en criminología, la escena perdió un actor, y hasta la ciencia perdió un agudo razonador.

Eran las seis y cuarto cuando salimos de Baker Street, y faltaban todavía diez minutos para la hora señalada cuando llegamos a Serpentine Avenue. Estaba ya oscurecido, y se procedía a encender los faroles del alumbrado, nos paseamos de arriba para abajo por delante del Pabellón Briony esperando a su ocupante. La casa era tal y como yo me la había figurado por la concisa descripción que de ella había hecho Sherlock Holmes, pero el lugar parecía menos recogido de lo que yo me imaginé.

Para tratarse de una calle pequeña de un barrio tranquilo, resultaba notablemente animada. Había en una esquina un grupo de hombres mal vestidos que fumaban y se

fresh part that he assumed. The stage lost a fine actor, even as science lost an acute reasoner, when he became a specialist in crime.

It was a quarter past six when we left Baker Street, and it still wanted ten minutes to the hour when we found ourselves in Serpentine Avenue. It was already dusk, and the lamps were just being lighted as we paced up and down in front of Briony Lodge, waiting for the coming of its occupant. The house was just such as I had pictured it from Sher- lock Holmes' succinct description, but the locality appeared to be less private than I expected.

On the contrary, for a small street in a quiet neighbourhood, it was remarkably animated. There was a group of shabbily dressed men smoking and laughing in a corner,

reían, dos soldados de la guardia flirteando con una niñera, un afilador con su rueda y varios jóvenes bien trajeados que se paseaban tranquilamente con el cigarro en la boca.

—Esta boda —me dijo Holmes mientras íbamos y veníamos por la calle — simplifica bastante el asunto. La fotografía resulta ahora un arma de doble filo. Es probable que ella sienta la misma aversión a que sea vista por el señor Godfrey Norton, como nuestro cliente a que la princesa la tenga delante de los ojos. Ahora bien: la cuestión que se plantea es ésta: ¿dónde encontraremos la fotografía?

—Eso es, ¿dónde?

—Es muy poco probable que se la lleve de un lado para otro en su viaje. Es de tamaño de exposición. Demasiado grande para poder ocultarla entre el vestido. Sabe, ade-

a scissors-grinder with his wheel, two guardsmen who were flirting with a nurse-girl, and several well-dressed young men who were lounging up and down with cigars in their mouths.

"You see," remarked Holmes, as we paced to and for in front of the house, "this marriage rather simplifies matters. The photograph becomes a double-edged weapon now. The chances are that she would be as averse to its being seen by Mr. Godfrey Norton, as our client is to its coming to the eyes of his princess. Now the question is—Where are we to find the photograph?"

"Where, indeed?"

"It is most unlikely that she carries it about with her. It is cabinet size. Too large for easy concealment about a woman's dress. She knows that the King is capable of

más, que el rey es capaz de tenderle una celada y hacerla registrar, y, en efecto, lo ha intentado un par de veces. Podemos, pues, dar por sentado que no la lleva consigo.

—¿Dónde la tiene, entonces?

—Puede guardarla su banquero o puede guardarla su abogado. Existe esa doble posibilidad. Pero estoy inclinado a pensar que ni lo uno ni lo otro. Las mujeres son por naturaleza aficionadas al encubrimiento, pero les gusta ser ellas mismas las encubridoras. ¿Por qué razón habría de entregarla a otra persona? Podía confiar en sí misma como guardadora; pero no sabía qué influencias políticas, directas o indirectas, podrían llegar a emplearse para hacer fuerza sobre un hombre de negocios. Tenga usted, además, en cuenta que ella había tomado la resolución de servirse de la fotografía dentro de unos días. Debe, pues, en-

having her waylaid and searched. Two attempts of the sort have already been made. We may take it, then, that she does not carry it about with her."

"Where, then?"

"Her banker or her lawyer. There is that double possibility. But I am inclined to think neither. Women are naturally secretive, and they like to do their own secreting. Why should she hand it over to anyone else? She could trust her own guardian- ship, but she could not tell what indirect or political influence might be brought to bear upon a business man. Besides, remember that she had resolved to use it within a few days. It must be where she can lay her hands upon it. It must be in her own house."

contrarse en un lugar en que le sea fácil echar mano de la mis-ma. Debe de estar en su propio domicilio.

—Pero la casa ha sido asaltada y registrada por dos veces.

"But it has twice been burgled."

—¡Bah! No supieron registrar debidamente.

"Pshaw! They did not know how to look."

—Y ¿cómo lo hará usted?

"But how will you look?"

—Yo no haré registros.

"I will not look."

—¿Qué hará, pues?

"What then?"

—Haré que ella misma me indique el sitio.

"I will get her to show me."

—Se negará.

"But she will refuse."

—No podrá. Pero ya oigo traqueteo de ruedas. Es su coche. Ea, tenga cuidado con cumplir mis órdenes al pie de la letra.

"She will not be able to. But I hear the rumble of wheels. It is her carriage. Now carry out my orders to the letter."

Mientras él hablaba aparecieron, doblando la esquina de la avenida las luces laterales de

As he spoke the gleam of the side-lights of a carriage came around the curve of the ave-

un coche. Era este un bonito y pequeño landó, que avanzo con estrépito hasta detenerse delante de la puerta del Pabellón Briony. Uno de los vagabundos echó a correr para abrir la puerta del coche y ganarse de ese modo una moneda, pero otro, que se había lanzado a hacer lo propio, lo aparto violentamente. Esto dio lugar a una furiosa riña, que atizaron aún más los dos soldados de la guardia, que se pusieron de par-te de uno de los dos vagabundos, y el afilador, que tomó con igual calor partido por el otro. Alguien dio un puñetazo, y en un instante la dama, que se apeaba del coche, se vio en el centro de un pequeño grupo de hombres que reñían acaloradamente y que se acometían de una manera salvaje con puños y palos. Holmes se precipitó en medio del zafarrancho para proteger a la señora; pero, en el instante mismo en que llegaba hasta ella, dejó escapar un grito y

nue. It was a smart little landau which rattled up to the door of Briony Lodge. As it pulled up, one of the loafing men at the corner dashed forward to open the door in the hope of earning a copper, but was elbowed away by another loafer, who had rushed up with the same intention. A fierce quarrel broke out, which was increased by the two guardsmen, who took sides with one of the loungers, and by the scissors-grinder, who was equally hot upon the other side. A blow was struck, and in an instant the lady, who had stepped from her carriage, was the centre of a little knot of flushed and struggling men, who struck savagely at each other with their fists and sticks. Holmes dashed into the crowd to protect the lady; but just as he reached her he gave a cry and dropped to the ground, with the blood running freely down his face. At his fall the guardsmen took to their heels

cayó al suelo con la cara convertida en un manantial de sangre. Al ver aquello, los soldados de la guardia pusieron pies en polvorosa por un lado y los vagabundos hicieron lo propio por el otro, mientras que cierto número de personas bien vestidas, que habían sido testigos de la trifulca, sin tomar parte en la misma, se apresuraron a acudir en ayuda de la señora y en socorro del herido. Irene Adler —seguiré llamándola por ese nombre— se había apresurado a subir la escalinata de su casa, pero se detuvo en el escalón superior y se volvió para mirar a la calle, mientras su figura espléndida se dibujaba sobre el fondo de las luces del vestíbulo.

—¿Es importante la herida de ese buen caballero? —preguntó.

—Está muerto —gritaron varias voces.

in one direction and the loungers in the other, while a number of better-dressed people, who had watched the scuffle without taking part in it, crowded in to help the lady and to attend to the injured man. Irene Adler, as I will still call her, had hurried up the steps; but she stood at the top with her superb figure outlined against the lights of the hall, looking back into the street.

"Is the poor gentleman much hurt?" she asked.

"He is dead," cried several voices.

—No, no, aún vive —gritó otra; pero si se le lleva al hospital, fallecerá antes que llegue.

—Se ha portado valerosamente —dijo una mujer—. De no haber sido por él, se habrían llevado el bolso y el reloj de la señora. Formaban una cuadrilla, y de las violentas, además. ¡Ah! Miren cómo respira ahora.

—No se le puede dejar tirado en la calle. ¿Podemos entrarlo en la casa, señora?

—¡Claro que sí! Éntrenlo al cuarto de estar, donde hay un cómodo sofá. Por aquí, hagan el favor.

Lenta y solemnemente fue metido en el Pabellón Briony, y tendido en la habitación principal, mientras yo me limitaba a observarlo todo desde mi puesto junto a la ventana. Habían encendido las luces, pero no habían corrido

"No, no, there's life in him!" shouted another. "But he'll be gone before you can get him to hospital."

"He's a brave fellow," said a woman. "They would have had the lady's purse and watch if it hadn't been for him. They were a gang, and a rough one, too. Ah, he's breathing now."

"He can't lie in the street. May we bring him in, ma'am?"

"Surely. Bring him into the sitting-room. There is a comfortable sofa. This way, please!"

Slowly and solemnly he was borne into Briony Lodge and laid out in the principal room, while I still observed the proceedings from my post by the window. The lamps had been lit, but the blinds had not been drawn, so that I could

las cortinas, de modo que veía a Holmes tendido en el sofá. Yo no sé si él se sentiría en ese instante arrepentido del papel que estaba representando, pero sí sé que en mi vida me he sentido yo tan sinceramente avergonzado de mí mismo, como cuando pude ver a la hermosa mujer contra la cual estaba yo conspirando, y la gentileza y amabilidad con que cuidaba al herido. Sin embargo, el echarme atrás en la representación del papel que Holmes me había confiado equivaldría a la más negra traición. Endurecí mi sensibilidad y saqué de debajo de mi amplio gabán el cohete de humo. Después de todo pensé no le causamos a ella ningún perjuicio. Lo único que hacemos es impedirle que ella se lo cause a otro.

Holmes se había incorporado en el sofá, y le vi que accionaba como si le faltase el aire. Una doncella corrió a la ventana y la abrió de par en par.

see Holmes as he lay upon the couch. I do not know whether he was seized with compunction at that moment for the part he was playing, but I know that I never felt more heartily ashamed of myself in my life than when I saw the beautiful creature against whom I was conspiring, or the grace and kindliness with which she waited upon the injured man. And yet it would be the blackest treachery to Holmes to draw back now from the part which he had entrusted to me. I hardened my heart and took the smoke- rocket from under my ulster. After all, I thought, we are not injuring her. We are but preventing her from injuring another.

Holmes had sat up upon the couch, and I saw him motion like a man who is in need of air. A maid rushed across and threw open the window. At

62

En ese mismo instante le vi levantar la mano y, como respuesta a esa señal, arrojé yo al interior el cohete y di la voz de ¡fuego! No bien salió la palabra de mi boca cuando toda la muchedumbre de espectadores, bien y mal vestidos, caballeros, mozos de cuadra y criadas de servir, lanzaron a coro un agudo grito de ¡fuego! Se alzaron espesas nubes ondulantes de humo dentro de la habitación y salieron por la ventana al exterior. Tuve una visión fugaz de figuras humanas que echaban a correr, y oí dentro la voz de Holmes que les daba la seguridad de que se trataba de una falsa alarma. Me deslicé por entre la multitud vociferante, abriéndome paso hasta la esquina de la calle, y diez minutos más tarde tuve la alegría de sentir que mi amigo pasaba su brazo por el mío, alejándonos del escenario de aquel griterío. Caminamos rápidamente y en silencio durante algunos minutos, hasta que doblamos por una de las

the same instant I saw him raise his hand and at the signal I tossed my rocket into the room with a cry of "Fire!" The word was no sooner out of my mouth than the whole crowd of spectators, well dressed and ill—gentlemen, ostlers, and servant- maids—joined in a general shriek of "Fire!" Thick clouds of smoke curled through the room and out at the open window. I caught a glimpse of rushing figures, and a moment later the voice of Holmes from within assuring them that it was a false alarm. Slipping through the shouting crowd I made my way to the corner of the street, and in ten minutes was rejoiced to find my friend's arm in mine, and to get away from the scene of uproar. He walked swiftly and in silence for some few minutes until we had turned down one of the quiet streets which lead towards the Edgeware Road.

calles tranquilas que desembocan en Edgware Road.

—Lo hizo usted muy bien, doctor —me dijo Holmes—. No hubiera sido posible mejorarlo. Todo ha salido perfectamente.

"You did it very nicely, Doctor," he remarked. "Nothing could have been better. It is all right."

—¿Tiene ya la fotografía?

"You have the photograph?"

—Sé dónde está.

"I know where it is."

—¿Y cómo lo descubrió?

"And how did you find out?"

—Ya le dije a usted que ella me lo indicaría.

"She showed me, as I told you she would."

—Sigo a oscuras.

"I am still in the dark."

—No quiero hacer del asunto un misterio — exclamó, riéndose—. Era una cosa sencilla. Ya se daría usted cuenta de que todos cuantos estaban en la calle eran cómplices. Los había contratado para la velada.

"I do not wish to make a mystery," said he, laughing. "The matter was perfectly simple. You, of course, saw that everyone in the street was an accomplice. They were all engaged for the evening."

—Lo barrunté.

"I guessed as much."

—Pues cuando se armó la trifulca, yo ocultaba en la mano una pequeña cantidad de pintura roja, húmeda Me abalancé, caí, me di con fuerza en la cara con la palma de la mano, y ofrecí un espectáculo que movía a compasión. Es un truco ya viejo.

—También llegué a penetrar en ese detalle.

—Luego me metieron en la casa. Ella no te-nía más remedio que recibirme. ¿Qué otra cosa podía hacer? Y tuvo que recibirme en el cuarto de estar, es decir, en la habitación misma en que yo sospechaba que se encontraba la fotografía. O allí o en su dormitorio, Y yo estaba resuelto a ver en cuál de los dos. Me tendieron en el sofá, hice como que me ahogaba, no tuvieron más remedio que abrir la ventana, y tuvo usted de ese modo su oportunidad.

—¿Y de qué le sirvió mi acción?

"Then, when the row broke out, I had a little moist red paint in the palm of my hand. I rushed forward, fell down, clapped my hand to my face, and became a piteous spectacle. It is an old trick."

"That also I could fathom."

"Then they carried me in. She was bound to have me in. What else could she do? And into her sitting-room, which was the very room which I suspected. It lay between that and her bedroom, and I was determined to see which. They laid me on a couch, I motioned for air, they were compelled to open the window, and you had your chance."

"How did that help you?"

—De ella dependía todo. Cuando una mujer cree que su casa está ardiendo, el instinto la lleva a precipitarse hacia el objeto que tiene en más aprecio. Es un impulso irresistible, del que más de una vez me he aprovechado. Recurrí a él cuando el escándalo de la suplantación de Darlington y en el del castillo de Arnsworth. Si la mujer es casada, corre a coger en brazos a su hijito; si es soltera, corre en busca de su estuche de joyas. Pues bien: era evidente para mí que nuestra dama de hoy no guardaba en casa nada que fuese más precioso para ella que lo que nosotros buscábamos. La alarma, simulando que había estallado un fuego, se dio admirablemente. El humo y el griterío eran como para sobresaltar a una persona de nervios de acero. Ella actuó de manera magnífica. La fotografía está en un escondite que hay detrás de un panel corredizo, encima mismo de la campani-

"It was all-important. When a woman thinks that her house is on fire, her instinct is at once to rush to the thing which she values most. It is a perfectly overpowering impulse, and I have more than once taken advantage of it. In the case of the Darlington substitution scandal it was of use to me, and also in the Arnsworth Castle business. A married woman grabs at her baby; an unmarried one reaches for her jewel-box. Now it was clear to me that our lady of to-day had nothing in the house more precious to her than what we are in quest of. She would rush to secure it. The alarm of fire was admirably done. The smoke and shouting were enough to shake nerves of steel. She responded beautifully. The photograph is in a recess behind a sliding panel just above the right bell-pull. She was there in an instant, and I caught a glimpse of it as she half-drew it out. When I cried out that it was a false alarm,

lla de llamada de la derecha. Ella se plantó allí en un instante, y la vi medio sacarla fuera. Cuando yo empecé a gritar que se trataba de una falsa alarma, volvió a colocarla en su sitio, echó una mirada al cohete, salió corriendo de la habitación, y no volví a verla. Me puse en pie y, dan-do toda clase de excusas, hui de la casa. Estuve dudando si apoderarme de la fotografía entonces mismo; pero el cochero había entrado en el cuarto de estar y no quitaba de mí sus ojos. Me pareció, pues, más seguro esperar. Con precipitarse demasiado quizá se echase todo a perder.

—¿Y ahora? —le pregunté.

—Nuestra investigación está prácticamente acabada. Mañana iré allí de visita con el rey, y usted puede acompañarnos, si le agrada. Nos pasarán al cuarto de estar mientras avisan a la señora, pero es probable que cuando ella se

she replaced it, glanced at the rocket, rushed from the room, and I have not seen her since. I rose, and, making my excuses, escaped from the house. I hesitated whether to attempt to secure the photograph at once; but the coachman had come in, and as he was watching me narrowly it seemed safer to wait. A little over-precipitance may ruin all."

"And now?" I asked.

"Our quest is practically finished. I shall call with the King to-morrow, and with you, if you care to come with us. We will be shown into the sitting-room to wait for the lady, but it is probable that when she comes, she may

presente no nos encuentre ni a nosotros ni a la fotografía. Quizá constituye para su majestad una satisfacción el recuperarla con sus propias manos.

—¿A qué hora irán ustedes?

—A las ocho de la mañana. Ella no se habrá levantado todavía, de modo que tendremos el campo libre. Además, es preciso que actuemos con rapidez, porque quizá su matrimonio suponga un cambio completo en su vida y en sus costumbres. Es preciso que yo telegrafíe sin perder momento al rey.

Habíamos llegado a Baker Street, y nos habíamos detenido delante de la puerta. Mi compañero rebuscaba la llave en sus bolsillos cuando alguien le dijo al pasar:

—Buenas noches, señor Sherlock Holmes.

find neither us nor the photograph. It might be a satisfaction to his Majesty to regain it with his own hands."

"And when will you call?"

"At eight in the morning. She will not be up, so that we shall have a clear field. Besides, we must be prompt, for this marriage may mean a complete change in her life and habits. I must wire to the King without delay."

We had reached Baker Street and had stopped at the door. He was searching his pockets for the key when someone passing said:

"Good-night, Mister Sherlock Holmes."

Había en ese instante en la acera varias personas, pero el saludo parecía proceder de un Joven delgado que vestía ancho gabán y que se alejó rápidamente. Holmes dijo mirando con fijeza hacia la calle débilmente alumbrada:

—Yo he oído antes esa voz. ¿Quién diablos ha podido ser?

There were several people on the pavement at the time, but the greeting appeared to come from a slim youth in an ulster who had hurried by.

"I've heard that voice before," said Holmes, staring down the dimly lit street. "Now, I wonder who the deuce that could have been."

CAPÍTULO III – CHAPTER III

Dormí esa noche en Baker Street, y nos hallábamos desayunando nuestro café con tostada cuando el rey de Bohemia entró con gran prisa en la habitación

I slept at Baker Street that night, and we were engaged upon our toast and coffee in the morning when the King of Bohemia rushed into the room.

—¿De verdad que se apoderó usted de ella? —exclamó agarrando a Sherlock Holmes por los dos hombros, y clavándole en la cara una ansiosa mirada.

"You have really got it!" he cried, grasping Sher- lock Holmes by either shoulder and looking eagerly into his face.

—Todavía no.

"Not yet."

—Pero ¿confía en hacerlo?

"But you have hopes?"

—Confío.

"I have hopes."

—Vamos entonces. Ya estoy impaciente por ponerme en camino.

"Then, come. I am all impatience to be gone."

—Necesitamos un carruaje.

"We must have a cab."

—No, tengo esperando mi brougham

"No, my brougham is waiting."

—Eso simplifica las cosas.

"Then that will simplify matters."

Bajamos a la calle, y nos pusimos una vez más en marcha hacia el Pabellón Briony.

We descended and started off once more for Briony Lodge.

—Irene Adler se ha casado —hizo notar Holmes.

"Irene Adler is married," remarked Holmes.

—¡Que se ha casado! ¿Cuándo?

"Married! When?"

—Ayer.

"Yesterday."

—¿Y con quién?

"But to whom?"

—Con un abogado inglés apellidado Norton.

"To an English lawyer named Norton."

—Pero no es posible que esté enamorada de él.

"But she could not love him."

—Yo tengo ciertas esperanzas de que lo esté.

"I am in hopes that she does."

—Y ¿por qué ha de esperarlo usted?

"And why in hopes?"

—Porque ello le ahorraría a su majestad todo temor de futuras molestias. Si esa dama está enamorada de su marido, será que no lo está de su majestad. Si no ama a su majestad, no habrá motivo de que se entremeta en vuestros proyectos.

"Because it would spare your Majesty all fear of future annoyance. If the lady loves her husband, she does not love your Majesty. If she does not love your Majesty, there is no reason why she should interfere with your Majesty's plan."

—Eso es cierto. Sin embargo... ¡Pues bien: ojalá que ella hubiese sido una mujer de mi misma posición social! ¡Qué gran reina habría sabido ser!

"It is true. And yet—Well! I wish she had been of my own station! What a queen she would have made!"

El rey volvió a caer en un silencio ceñudo, que nadie rompió hasta que nuestro coche se detuvo en la Serpentine Avenue.

He relapsed into a moody silence, which was not broken until we drew up in Serpentine Avenue.

La puerta del Pabellón Briony estaba abierta y vimos a una mujer anciana en lo alto de la escalinata. Nos miró con ojos burlones cuando nos apeamos del coche del rey, y nos dijo:

The door of Briony Lodge was open, and an elderly woman stood upon the steps. She watched us with a sardonic eye as we stepped from the brougham.

—En señor Sherlock Holmes, ¿verdad?

—Yo soy el señor Holmes —contestó mi compañero alzando la vista hacia ella con mirada de interrogación y de no pequeña sorpresa.

—Me lo imaginé. Mi señora me dijo que usted vendría probablemente a visitarla. Se marchó esta mañana con su esposo en el tren que sale de Charing Cross a las cinco horas quince minutos con destino al Continente.

—¡Cómo! —exclamó Sherlock Holmes retrocediendo como si hubiese recibido un golpe, y pálido de pesar y de sorpresa—. ¿Quiere usted decirme con ello que su señora abandonó ya Inglaterra?

—Para nunca más volver.

—¿Y esos documentos? —preguntó con voz ronca el rey—. Todo está perdido.

"Mr. Sherlock Holmes, I believe?" said she.

"I am Mr. Holmes," answered my companion, looking at her with a questioning and rather startled gaze.

"Indeed! My mistress told me that you were likely to call. She left this morning with her husband by the 5.15 train from Charing Cross for the Continent."

"What!" Sherlock Holmes staggered back, white with chagrin and surprise. "Do you mean that she has left England?"

"Never to return."

"And the papers?" asked the King hoarsely. "All is lost."

—Eso vamos a verlo.

Sherlock Holmes apartó con el brazo a la criada, y se precipitó al interior del cuarto de estar, seguido por el rey y por mí. Los muebles se hallaban desparramados en todas direcciones; los estantes, desmantelados; los cajones, abiertos, como si aquella dama lo hubiese registrado y saqueado todo antes de su fuga. Holmes se precipitó hacia el cordón de la campanilla, corrió un pequeño panel, y, metiendo la mano dentro del hueco, extrajo una fotografía y una carta. La fotografía era la de Irene Adler en traje de noche, y la carta llevaba el siguiente sobrescrito: «Para el señor Sherlock Holmes. — La retirará él en persona.» Mi amigo rasgó el sobre, y nosotros tres la leímos al mismo tiempo. Estaba fechada a medianoche del día anterior, y decía así:

«Mi querido señor Sherlock

"We shall see."

He pushed past the servant and rushed into the drawing-room, followed by the King and myself. The furniture was scattered about in every direction, with dismantled shelves and open drawers, as if the lady had hurriedly ransacked them before her flight. Holmes rushed at the bell-pull, tore back a small sliding shutter, and, plunging in his hand, pulled out a photograph and a letter. The photograph was of Irene Adler herself in evening dress, the letter was superscribed to "Sherlock Holmes, Esq. To be left till called for." My friend tore it open and we all three read it together. It was dated at midnight of the preceding night and ran in this way:

"My   dear   Mr.   Sherlock

Holmes: La ver-dad es que lo hizo usted muy bien. Me la pegó usted por completo. Hasta después de la alarma del fuego no sospeché nada. Pero entonces, al darme cuenta de que yo había traicionado mi secreto, me puse a pensar. Desde hace meses me habían puesto en guardia contra usted, asegurándome que si el rey empleaba a un agente, ése sería usted, sin duda alguna. Me dieron también su dirección. Y, sin embargo, logró usted que yo le revelase lo que deseaba conocer. Incluso cuando se despertaron mis recelos, me resultaba duro el pensar mal de un anciano clérigo, tan bondadoso y simpático. Pero, como usted sabrá, también yo he tenido que practicar el oficio de actriz. La ropa varonil no resulta una novedad para mí, y con frecuencia aprovecho la libertad de movimientos que ello proporciona. Envié a John, el cochero, a que lo vigilase a usted, eché a correr escaleras

Holmes: "You really did it very well. You took me in completely. Until after the alarm of fire, I had not a suspicion. But then, when I found how I had betrayed my- self, I began to think. I had been warned against you months ago. I had been told that if the King employed an agent it would certainly be you. And your address had been given me. Yet, with all this, you made me reveal what you wanted to know. Even after I became suspicious, I found it hard to think evil of such a dear, kind old clergyman. But, you know, I have been trained as an actress myself. Male costume is nothing new to me. I often take advantage of the freedom which it gives. I sent John, the coachman, to watch you, ran upstairs, got into my walking-clothes, as I call them, and came down just as you departed.

arriba, me puse la ropa de paseo, como yo la llamo, y bajé
cuando usted se marchaba.

»Pues bien: yo le seguí hasta
su misma puerta comproban-
do así que me había converti-
do en objeto de interés para el
célebre señor Sherlock Holmes. Entonces, y con bastante
imprudencia, le di las buenas
noches, y marché al Temple
en busca de mi marido.

»Nos pareció a los dos que lo
mejor que podríamos hacer, al
vernos perseguidos por tan
formidable adversario, era
huir; por eso encontrará usted
el nido vacío cuando vaya
mañana a visitarme. Por lo
que hace a la fotografía, puede tranquilizarse su cliente.
Amo y soy amada por un
hombre que vale más que él.
Puede el rey obrar como bien
le plazca, sin que se lo impida
la persona a quien él lastimó
tan cruelmente. La conservo
tan sólo a título de salvaguar-
dia mía, como arma para de-

"Well, I followed you to your
door, and so made sure that I
was really an object of interest
to the celebrated Mr. Sherlock
Holmes. Then I, rather im-
prudently, wished you good-
night, and started for the
Temple to see my husband.

"We both thought the best re-
source was flight, when pur-
sued by so formidable an an-
tagonist; so you will find the
nest empty when you call to-
morrow. As to the photo-
graph, your client may rest in
peace. I love and am loved by
a better man than he. The King
may do what he will without
hindrance from one whom he
has cruelly wronged. I keep it
only to safeguard myself, and
to preserve a weapon which
will always secure me from
any steps which he might take
in the future. I leave a photo-

fenderme de cualquier paso que él pudiera dar en el futuro. Dejo una fotografía, que quizá le agrade conservar en su poder, y soy de usted, querido señor Sherlock Holmes,

muy atentamente, Irene Norton, nacida Adler.»

—¡Qué mujer; oh, qué mujer! —exclamó el rey de Bohemia una vez que leímos los tres la carta—. ¿No le dije lo rápida y resuelta que era? ¿No es cierto que habría sido una reina admirable? ¿No es una lástima que no esté a mi mismo nivel?

—A juzgar por lo que de esa dama he podido conocer, parece que, en efecto, ella y su majestad están a un nivel muy distinto —dijo con frialdad Holmes—. Lamento no haber podido llevar a un término más feliz el negocio de su majestad.

—Todo lo contrario, mi que-

graph which he might care to possess; and I remain, dear Mr. Sher- lock Holmes,

Very truly yours, Irene Norton, née Adler.

"What a woman—oh, what a woman!" cried the King of Bohemia, when we had all three read this epistle. "Did I not tell you how quick and resolute she was? Would she not have made an admirable queen? Is it not a pity that she was not on my level?"

"From what I have seen of the lady she seems in- deed to be on a very different level to your Majesty," said Holmes coldly. "I am sorry that I have not been able to bring your Majesty's business to a more successful conclusion."

"On the contrary, my dear

rido señor — exclamó el rey—. No ha podido tener un término más feliz. Me consta que su palabra es sagrada. La fotografía es ahora tan inofensiva como si hubiese ardido en el fuego.

—Me felicito de oírle decir eso a su majestad.

—Tengo contraída una deuda inmensa con usted. Dígame, por favor, de qué manera pue-do recompensarle. Este anillo...

Se saco del dedo un anillo de esmeralda en forma de serpiente, y se lo presentó en la palma de la mano.

—Su majestad está en posesión de algo que yo valoro en mucho más —dijo Sherlock Holmes.

—No tiene usted más que nombrármelo.

—Esta fotografía.

sir," cried the King; "nothing could be more successful. I know that her word is inviolate. The photograph is now as safe as if it were in the fire."

"I am glad to hear your Majesty say so."

"I am immensely indebted to you. Pray tell me in what way I can reward you. This ring..."

He slipped an emerald snake ring from his finger and held it out upon the palm of his hand.

"Your Majesty has something which I should value even more highly," said Holmes.

"You have but to name it."

"This photograph!"

El rey se le quedó mirando con asombro, y exclamó:

—¡La fotografía de Irene! Suya es, desde luego, si así lo desea.

—Doy las gracias a su majestad. De modo, pues, que ya no queda nada por tratar de este asunto. Tengo el honor de dar los buenos días a su majestad.

Holmes se inclinó, se volvió sin darse por enterado de la mano que el rey le alargaba, y echó a andar, acompañado por mí, hacia sus habitaciones.

Y así fue como se cernió, amenazador, sobre el reino de Bohemia un gran escándalo, y cómo el ingenio de una mujer desbarató los planes mejor trazados de Sherlock Holmes. En otro tiempo, acostumbraba este bromear a propósito de la inteligencia de las mujeres; pero ya no le he vuelto a oír

The King stared at him in amazement.

"Irene's photograph!" he cried. "Certainly, if you wish it."

"I thank your Majesty. Then there is no more to be done in the matter. I have the honour to wish you a very good-morning."

He bowed, and, turning away without observing the hand which the King had stretched out to him, he set off in my company for his chambers.

And that was how a great scandal threatened to affect the kingdom of Bohemia, and how the best plans of Mr. Sherlock Holmes were beaten by a woman's wit. He used to make merry over the cleverness of women, but I have not heard him do it of late. And when he speaks of Irene Ad-

expresarse de ese modo en los últimos tiempos. Y siempre que habla de Irene Adler, o cuando hace referencia a su fotografía, le da el honroso título de la mujer.

ler, or when he refers to her photograph, it is always under the honourable title of the woman.

CONCLUSION

You made it to the end; congratulations!

Before I leave you, I want to give you some final words of wisdom to guide you in your journey of becoming a Spanish speaker.

You need to know that learning a language is a marathon and not a race.

Consistency and showing up every day for practice is key if you want to truly be able to speak this beautiful language.

If that is 30 minutes per day or 5 minutes per day, that is up to you. But showing up constantly and keep practicing is what I want you to take away from this.

Finally, keep using stories as your primary source of language immersion.

We've plenty of more books for you to enjoy and to help you become a Spanish speaker that you can check out at LingoMastery.com

Best of luck in your Spanish journey!

MORE BOOKS BY LINGO MASTERY

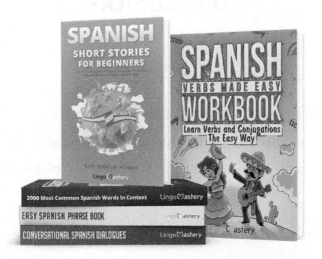

We are not done teaching you Spanish until you're fluent!

Here are some other titles you might find useful in your journey of mastering Spanish:

- **Spanish Short Stories for Beginners**
- **Spanish Verbs Made Easy Workbook**
- **2000 Most Common Spanish Words in Context**
- **Conversational Spanish Dialogues**

But we got many more!

Check out all our titles at <u>www.LingoMastery.com/spanish</u>

HOW TO GET THE AUDIO

This book comes with interactive **audio** that you can access if you head over to **www.LingoMastery.com/xsh1**

Made in United States
North Haven, CT
08 August 2022

22428856R00049